THE CAIQUE FROM LAVRA

ΤΟ ΚΑΪΚΙ ΑΠΟ ΤΗ ΛΑΥΡΑ

by

Michael M Nikoletseas

THE CAIQUE FROM LAVRA

ISBN: 9798856592466

THE CAIQUE FROM LAVRA

Και φόρεσα το μπερεδάκι μου
χωρίς κορώνα
και είπα να πάω στον πόλεμο
για ποιό στρατό μάννα;

And I put on my beret
without a badge
and I ran away to war
which army
mother?

Far Pitched Tents: Poems of War
by Michael M Nikoletseas, 2011

3

THE CAIQUE FROM LAVRA

Lavra, Mt Athos
Summer 2022

These days my days are like sleep, half
sleep, my dreams are of dirt roads and
comrades I search, they rarely notice me,
peace.

Early eighties I came to *Agion Oros* first
time. I only remember scenes, patches of
memory that to be honest I am not sure
they happened as I tell or they happened
at all.

What I dream is so real sometimes,
sometimes I see things on the wall, on
the side of the mountain.

THE CAIQUE FROM LAVRA

Λαύρα, Άγιον Όρος
καλοκαίρι 2022

Αυτές τις μέρες οι μέρες είναι σαν
ύπνος, ύπνο-ξύπνο, τα όνειρά μου
χωματόδρομοι και συντρόφοι, τους
ψάχνω δε με βλέπουν, γαλήνη.

Αρχές του ογδόντα ήρθα στο Αγιο Ορος
πρώτη φορά. Θυμάμαι μόνο σκηνές,
μπαλώματα μνήμες να μη λέω ψέματα
δεν είμαι σίγουρος έγιναν όπως τα λέω,
μπορεί και να μην έγιναν.

Τα όνειρα μου είναι τόσο ζωντανά,
κάπου κάπου βλέπω πράγματα στον
τοίχο στις πλαγιές του βουνού.

THE CAIQUE FROM LAVRA

Late afternoon I was waiting on the
beach of Iviron for the small boat to
Megisti Lavra. There were about ten
men scattered on the sand talking two to
three together. In the yellow light of the
setting sun their voices sounded like
animals over the swishing waves.

Two guys about forty stood with me and
told me their stories which I cannot
remember I never did. They were short
and stocky I think they were shepherds
that is what shepherds of Arcadia look
like. Over the years they come back in
my memory and I have concluded they
liked me.

THE CAIQUE FROM LAVRA

Λίγες ώρες πριν βασιλέψει ο ήλιος
περίμενα στην αμμουδιά κάτω απο την
Ιβήρων τη βάρκα για τη Λαύρα. Καμιά
δεκαριά προσκυνητές σκορπισμένοι
στην άμμο καυβέντιαζαν σε παρέες δύο
τρεις. Στο κίτρινο φως του ήλιου που
βασίλευε οι φωνές τους ακούγονταν σαν
φωνές ζώων πάνω απο τα κύμματα.

Στεκόμουνα με άλλους δύο περίπου
σαράντα, μου λέγανε ιστορίες που δε
θυμάμαι ποτέ δε θυμόμουνα. Ητανε
κοντοί και κοτσονάτοι βοσκοί θα ήτανε,
έτσι είναι οι Αρκάδες βοσκοί. Όλα αυτά
τα χρόνια έρχονται στη μνήμη μου κ'
έχω καταλήξει με συμπαθούσαν.

THE CAIQUE FROM LAVRA

The boat came, we had to wade, and we headed south to Lavra. It was like a blow, a little panic

the shepherds?

Never saw them again.

THE CAIQUE FROM LAVRA

Ηρθε η βάρκα, μπήκαμε στο νερό ως το γόνατο, νότο προς Λαύρα. Ητανε σα χτύπημα στο κεφάλι ένας μικρός πανικός

Οι βοσκοί;

Δεν τούς ξαναείδα.

THE CAIQUE FROM LAVRA

At the *archondariki* of Lavra a young
skinny monk with a deep Macedonian
voice offered us *loukoumi* and *raki*.
Prodromos. He spoke as if teasing us.
Suddenly his eyelids blinked rapidly and
his eyes rolled up for lack of sleep.

THE CAIQUE FROM LAVRA

Στο αρχονταρίκι της Λαύρας ένας
νεαρός κοκκαλιάρης μοναχός με βαθειά
Μακεδονιή φωνή μας πρόσφερε
λουκούμι και ρακί. Πρόδρομος. Μίλαγε
πειραχτικά. Ξαφνικά τα μάτια του
ανοιγόκλεισαν και οι κόρες γύρισαν
κατά πάνω από τη αϋπνία.

THE CAIQUE FROM LAVRA

On the way to the Rumanian *skete* I
teamed up with a middle-aged man from
Thessaloniki. His *fat L* amused me as did
his jumping gate and lively speech. We
got brave and ventured past the
Rumanian skete to the cave of
Athanasios the Athonite. I see us floating
over the rocky path of Athos talking,
jesting, pushing each other amicably.

In the cave we fell silent. We stayed
there for a long time. Were it not for the
sanctity of the place I would have
grabbed his head and kissed it, he was a
different man now.

For years I have struggled to bring up
memories of that day. All that I can
recall is an uneasy feeling, awe like fear.

THE CAIQUE FROM LAVRA

Στο δρόμο για τη Ρουμανική σκήτη
ζευγάρωσα μ' ένα μεσόκοπο από τη
Θεσσαλονίκη. Τα παχιά του λ μαρέσαν
και το πηδηχτό του περπάτημα και η
ζωηρή του ομιλία. Αντριωθήκαμε και
περπατήσαμε πέρα από τη σκήτη στη
σπηλιά τιυ Αγίου Αθανασίου του
Αθωνίτη. Το βλέπω, σαν αερικά στη
σάρα του Άθωνα φωνές πειράγματα
σπρωξίματα φιλία.

Στη σπηλιά σιωπή. Πέρασαν ώρες.
Ητανε η αγιότητα του τόπου θ' άρπαζα
το κεφάλι του και θα το φίλαγα ήταν
ένας αλλιώτικος άνθρωπος τώρα.

Χρόνια παλεύω να ξαναφέρω μνήμες
εκείνης της μέρας, μόνο αίσθημα
ανησυχίας δέος κάτι σα φόβος
ξανάρχεται.

THE CAIQUE FROM LAVRA

A picture of me in a group of young men
follows, we are walking on a dirt road in
the forest. Someone suggested we go to
Father Paisios' cell. We lit a candle at
Filotheou monastery and headed
downhill to Panagouda. There was
excitement as the stories of the
miraculous abilities of this monk were
firing my chest.

I stalled and turned back.

I am not ready, I said to them.

I headed north to Stavronikita.

A dainty monk that looked like a clerk
told me there was no space.

I headed north again

THE CAIQUE FROM LAVRA

Μετά βλέπω μια παρέα παιδιά
περπατάμε σ ένα χωματόδρομο μεσ' το
δάσος. Κάποιος είπε να πάμε στο κελί
του πατέρα Παΐσιου.

Ανάψαμε ένα κερί στη Φιλοθέου και
κατηφορίσαμε προς Παναγούδα. Άναψε
η συζήτηση ιστορίες τα θαύματα του
γέροντα Παΐσιου φωτιά στο στήθος μου.

Κοντοστάθηκα και γύρισα πίσω.

Δεν είμαι έτοιμος τούς φώναξα.

Βόρεια προς Σταυρονικήτα.

Ενας εκλεπτισμένος μοναχός που
έμοιαζε με υπάλληλο γραφείου μου είπε
δεν υπάρχει χώρος.

Πάλι βόρεια.

THE CAIQUE FROM LAVRA

The trail was quiet and hot. I was alone,
my mind empty, I had set no destination,
just walking in the forest.

Hours later I came upon a young man
who was pacing around now in the forest
now on the trail.

Where to, I asked. He looked like he did
not hear.

What are you doing here? I said loudly.

I must decide, he replied.

THE CAIQUE FROM LAVRA

Το μονοπάτ ήτανε ήσυχο και καυτό.
Μοναχός το μυαλό μου άδειο χωρίς
προορισμό περπατούσα μεσ' το δάσος.

Πέρασαν ώρες βλέπω ένα παιδί
βημάτιζε τώρα ατο μονοπάτ τώρα στο
δάσος.

Γιά που, φώναξα. Καμιά αντίδραση.

Τι κάνεις εδώ, φώναξα δυνατά.

Πρέπει ν αποφασίσω, είπε.

THE CAIQUE FROM LAVRA

At Esphigmenou I remember I ate with
the monks at the *trapeza.* These were
wild looking monks. I can still see a
pirate face devouring a huge piece of
watermelon in a storm of flies.

The black flag on the fortification read
"Orthodoxia or Thanatos". His black
eyes pierced me like nails.

Orthodoxia or Thanatos I whispered.

Fear enveloped my body, I was
exhausted. North to Hilandari the
Serbian monastery.

Soon the trail disappeared and I was
dizzy and fatigued. I made brief runs
back and forth and around and finally
suspicions of a trail emerged.

THE CAIQUE FROM LAVRA

Στην Εσφιγμένου θυμάμαι έφαγα με
τους μοναχούς στην τράπεζα. Είχανε
άγρια όψη. Ακόμα βλέπω ένα πειρατή
να καταβροχθίζη ένα μεγάλο κομμάτι
καρπούζι μέσα σ' ένα σμήνος μύγες, τη
μαύρη σημαία στον πύργο Ορθοδοξία η
Θάνατος. Τα μαύρα του μάτια σαν
καρφιά.

Ορθοδοξία η Θάνατος ψιθύρισα.

Ένας φόβος αγκάλιασε το σώμα μου
ένοιωθα τις δυνάμεις μου να με
εγκαταλείπουν.

Βόρεια προς Χιλαντάρι το Σέρβικο
μοναστήρι. Σε λίγο το μονοπάτι χάθηκε,
με κατέλαβε ζάλη και εξάντληση. Έκανα
μικρές επιδρομές πίσω μπροστά και
γύρω γύρω και τελικά κάτι σα μονοπάτι
φάνηκε.

THE CAIQUE FROM LAVRA

Today I recall nothing of the night at
Hilandari except for the ancient grape
vine that a monk said was miraculous, it
cured sterility.

The next day I met a young Serbian who
liked to talk to me I do not recall the
subject, he was a universitario too.
Around noon he took me to the abbot
and we sat at a long table about ten of
us. We talked in English mostly about
things men of letters talk which is
mostly up in the clouds.

THE CAIQUE FROM LAVRA

Σήμερα δε θυμάμαι τίποτε από τη νύχτα
στο Χιλαντάρι εκτός από το αρχαίο
κλήμα που ένας μοναχός μας είπε ότι
είναι θαυματουργό για τα άτεκνα
ζευγάρια.

Την άλλη μέρα συνάντησα ένα Σέρβο
που του άρεσε να μιλάει μαζί μου. Δε
θυμάμαι το θέμα ήταν κι' αυτός
πανεπιστημιακός. Κατά το μεσημέρι με
πήγε στον ηγούμενο και καθήσαμε σ'
ένα τραπέζι κάπου δεκα άτομα.

Μιλήσαμε στα Αγγλικά κυρίως για
πράγματα που οι γραμματισμένοι μιλούν
περί ανέμων και υδάτων.

THE CAIQUE FROM LAVRA

I see myself almost running holding my
airline bag all my belongings, tight on
my chest to the sea. This time I knew
clearly what I was afraid of. And there,
they drove behind me in a tractor, past
me.

At the end of the road there was a tower
almost on the sea. I waited for along
time. An old monk appeared.

Is there a boat to Ierissos?
Not today he said.

I surrendered to the ground.

THE CAIQUE FROM LAVRA

Μετά βλέπω τον εαυτό μου να τρέχει,
κρατώ την τσάντα της Ολυμπικής όλα τα
υπάρχοντα μου σφιχτά στο στήθος μου
στη θάλασσα. Αυτή τη φορά ήξερα καλά
τι φοβόμουνα. Και να, ένα τρακτέρ πίσω
μου, να, με ξεπέρασαν.

Στο τέλος του χωματόδρομου ήταν ένας
πύτγος κοντά στη θάλασσα. Περίμενα
ώρες. Φάνηκε ένας γέρος μοναχός.

Εχει καΐκι για την Ιερισσο γέροντα;
Οχι σήμερα, είπε.

Παραδόθηκα στο χώμα.

THE CAIQUE FROM LAVRA

The sound of the motorboat brought me
back. A small fishing boat loaded with
plastic containers swiftly appeared,
unloaded and as swift;y was about to
leave. The fisherman was talking to the
monk in an animated voice the monk
was silent.

Take me to Ierissos I yelled.

The fisherman ignored me all this time.
I pleaded with the old monk to persuade
him to take me to Ierissos.

I must catch the plane a patient of mine
needs me, urgent a crisis.

No one leaves from here, the old monk
said.

Why?

The law, the monk replied and turned
inland.

THE CAIQUE FROM LAVRA

Ο ήχος από ένα μοτέρ με συνέφερε. Μιά
μικρή ψαρόβαρκα γεμάτη πλαστικά
δοχεία φάνηκε ξαφνικά, ξεφόρτωσε
αστραπιαία και γύρισε να φύγει. Ο
ψαράς μιλούσε φωναχτά στο μοναχό
που άκουγε σιωπιλός.

Πάρεμε στην Ιερισσό, φώναξα.

Ο ψαράς με αγνόησε όλη την ώρα.
Σχεδόν στα γόνατα παρακάλεσα το
μοναχό να πείσει τον ψαρά να με πάει
στην Ιερισσό.

*Πρέπει να προφτάσω το αεροπλάνο, ένας
ασθενής μου με χρειάζεται επειγόντως.*

*Κανείς δε φεύγει από 'δω, είπε ο γέρος
μοναχός*

Γιατί;

Ο νόμος, απάντησε ο γέροντας και
έφυγε από τη θάλασσα.

THE CAIQUE FROM LAVRA

Thirty drachmas the boatman yelled as
he stretched out his hand to lift me up
onto the boat. What's that you have in
that bag.

The trip was long, we run into strong
winds and rough sea. I soon got sick I
thought I would die.

Want to go back? the boatman yelled.

The world spun around me I fell into a
kind of sleep . I must grab on to
something, there! the dark eyes of the
pirate monk at Esphigmenou, the black
flag on the monastery tower, there!

At Ierissos I got the bus to Thessaloniki.

THE CAIQUE FROM LAVRA

Τριάντα δραχμές! Φώναξε ο βαρκάρης
και άπλωσε το χέρι του να με σηκώσει
στη βάρκα.

Τι έχεις μεσ' τη τσάντα;

Κάναμε ώρες για την Ιερισσό, πέσαμε
σε πολύ άνεμο και θάλασσα. Μ' έπιασε
ναυτία νόμιζα ότο θα πεθάνω.

Θέλεις να γυρίσουμε πίσω; φώναζε ο
βαρκάρης.

Ο κόσμος στροβιλίζοταν γύρω μου κ'
έπεσα σ' ένα είδος ύπνου. Πρέπει να
πιαστώ από κάτι, να! Τα σκοτεινά μάτια
του πειρατή μοναχού στην Εσφιγμένου,
το μαύρο μπαϊράκι στον πύργο του
μοναστηριού, να!

Στην Ιερισσό πήρα το λεωφορείο για
Θεσσαλονίκη.

THE CAIQUE FROM LAVRA

At the airport I sat in he departures
lounge drinking lots of orange juice. It
would be a long wait before my flight.

Leaning against the wall in front of me
two cops their eyes making frequent
scans over toward me. One of them was
short and stocky with fleshy lips and
thick fingers. Asia minor Egypt I said.
His eyes I had seen before but could not
remember.

Now he stared at me almost steadily it
was like he was telling me something,
the iron hand of the law or friendship.

Soon the quantities of liquid I consumed
had their effect, I got up looking for the
men's room. The cops followed me
around and into the men's room.

THE CAIQUE FROM LAVRA

Στο αεροδρόμιο κάθησα στην αίθουσα
αναχωρήσεων και έπινα πολλούς
χυμούς. Η πτήση ήταν ώρες μετά.

Με τη πλάτη ακουμπισμένη στον τοίχο
απεναντί μου δυο αστυνόμοι έριχναν
συχνές ματιές προς εμένα. Ο ένας ήταν
κοντος και γεμάτος με χοντρά χείλια και
δάχτυλα. Μικρασία Αίγυπτος είπα. Είχα
'δει τα μάτια του πριν αλλά δεν
θυμόμουνα που.

Τώρα με κοίταζε σχδον συνεχώς σα να
'θελε να μου πει κάτι, το σηδερειο χέρι
του νόμου η φιλία.

Σύντομα οι ποσότητες υγρών που
κατανάλωσα είχαν αποτέέσμα.
Σηκώθηκα και έψαχνα την τουαλέτα. Οι
δυό αστυνόμοι με ακολούθησαν ακομα
και στην τουαλέτα.

THE CAIQUE FROM LAVRA

I returned to the lounge they planted
themselves in front of me against the
wall.

My flight was announced I lined up to
have my bag checked and board the
plane. The cops rushed close to me the
cop with the black eyes almost touching
me I could feel his breath.

I emptied my bag on the belt.
My cop hugged me.

You left something on the Mountain go
back he said

his face now shining his look almost
erotic.

I will follow you every place you go.

THE CAIQUE FROM LAVRA

Γύρισα στην αίθουσα αναμονής,
στήθηκαν παλι στον τοίχο απέναντι μου.
Ανακοινώθηκε η πτήση μου, μπήκα
στην ουρά για τον έλεγχο αποσκευών
και επιβίβαση στο αεροπλάνο. Οι δυό
αστυνόμοι όρμησαν δίπλα μου, αυτός με
τα μαύρα μάτια σχεδόν μ' άγγιζε,
αισθανόμουν την ανάσα του.

Άδειασα την τσάντα μου. Ο αστυνόμος
μου μ' αγκάλιασε.

Άφησες κάτι στο Όρος γύρνα πίσω, είπε

το πρόσωπο του τώρα έλαμπε το βλέμμα
του σχεδόν ερωτικό.

Θα σ' ακολουθώ όπου πας.

.

THE CAIQUE FROM LAVRA

Late afternoon the next day or perhaps
later I am not certain I climbed the stairs
of the *archondariki* at Lavra. The belfry
on my right invaded my insides a taste of
death. There is a small *campana* that
rings at three every night to drag the men
from the kingdom of the flesh to the
kingdom of God to the chapel through
prayer and death.

Straight ahead at the door of the kitchen
Father Prodromos.

Mikhail!

THE CAIQUE FROM LAVRA

Αργά το απόγευμα την άλλη μέρα, ίσως αργότερα δεν είμαι σίγουρος ανέβηκα τα σκαλιά συο αρχονταρίκι στη Μεγίστη Λαύρα. Το καμπαναριό στα δεξιά μου εισέβαλε τα σωθηκά μου μια γεύση θανάτου. Το καμπανάκι που χτυπάει στις τρεις τη νύχτα να σύρει τους άντρες από το βασίλειο της σάρκας στο βασίλειο του Θεού.

Ίσια μπροστά μου στην πόρτα της κουζίνας ο Πατέρας Πρόδρομος.

Μιχαήλ!

I bowed and kissed his hand. I stepped
back and stood there for some time
looking past him. My body must have
been swaying Father Prodromos
stretched out his hands around me.

Now he rushed into the kitchen and cane
back holding a piece of bread. I took the
bread and turned to the right to the
dormitory.

THE CAIQUE FROM LAVRA

Υποκλίθηκα και φίλησα υο χέρι του.
Έκανα ένα βήμα πίσω και στάθηκα εκεί
για λίγη ώρα το βλέμμα μου πέρα
μακριά. Το σώμα μου ταλαντεύονταν ο
Πατέρας Πρόδρομος άπλωσε τα χέρια
του γύρω μου.

Μπήκε βιαστικά στην κουζίνα και
γύρισε με ένα κομμάτι ψωμί.
Πήρα το ψωμί και γύρισα δεξιά στον
ξενώνα.

THE CAIQUE FROM LAVRA

The little *campana* pieced my gut three
after midnight time to go to the chapel.
There is no sound in the world that
chimes death more faithfully than the
little campana of Lavra.

In the darkness the monks kept coming
to pray *kyrie eleison* a thousand times. I
did not.

THE CAIQUE FROM LAVRA

Το καμπανάκι τρύπησε τα σωθηκά μου
τρις μετα τα μεσάνυχτα ώρα για το
καθολικό.

Μεσ' το σκοτάδι οι μοναχοί ένας ένας
ερχόταν να προσευχηθούν κύριε
ελέησον χίλες φορες. Εγώ έμενα
σιωπηλός.

THE CAIQUE FROM LAVRA

End of August I could feel fall
descending upon the skin of my arms.
Summer had passed peaceful helping
Father Prodromos with the chores of the
archondariki making coffee for the
pilgrims *loukoumi* and *raki*. On a couple
of occasions Father Prodromos said

Mikhail get married or become a monk.

THE CAIQUE FROM LAVRA

Τέλη Αυγούστου, ένοιωθα το
φθινόπωρο να κατεβαίνει σιγά σιγά στο
δέρμα στα μπράτσα μου. Πέρασε το
καλοκαίρι γαλήνιο, βοηθούσα τον
Πατέρα Πρόδρομο, έφτιαχνα τους
καφέδες για τους προσκυνητες λουκούμι
και ρακί. Καναδυό φορές ο Πατέρας
Πρόδρομος είπε

Μιχαήλ, η θα παντρευτείς η θα γίνεις
μοναχός.

THE CAIQUE FROM LAVRA

I kissed the hand of Father Prodromos
my eyes wet and headed downhill to the
arsanas with four or five others today
the caique was coming.

The dirt road was wet and there was
strong wind almost forcing us back.
Waves broke on the rocks and jetted
high up to the tower of the small port. A
gendarme outside his office high up
below the tower his back toward us
paced back and forth raising his arms to
the clouds.

THE CAIQUE FROM LAVRA

Φίλησα το χέρι του δάκρυα στα μάτια
και κατηφόρισα στον αρσανά με άλλους
τέσσερους πέντε, σήμερα ερχόταν το
καΐκι.

Ο χωματόδρομος ήταν βρεγμένος και
φύσαγε δυνατός αέρας μας έσπρωχνε
πίσω. Τα κύματα έσκαγαν στα βράχια
και πηδούσαν ψηλά ως τον πύργο του
μικρού λιμανιού. ¨Ενας χωροφύλακς έξω
από το γραφείο του πάνω ψηλά κάτω
από τον πύργο με τις πλάτες γυρισμένες
προς εμάς βημάτιζε πέρα δώθε
υψώνοντας τα μπράτσα του στα
σύννεφα.

THE CAIQUE FROM LAVRA

The caique appeared in the midst of
breaks of giant columns of white foam
aiming the narrow mouth of the tiny port
now lurching toward the dark rocks.

The pilgrims screamed and ran back
uphill. The *gendarme* now facing us
waved his arms telling us something or
blessing us I could not tell. It was a
dance the caique the gendarme the
pilgrims over and over again like in an
ancient drama. This was all the
gendarme's doing.

The pilgrims left on a truck to *Karyes*
later that day. Bad weather continued for
days, the caique came and the dance
was repeated, then there was no caique
winter no pilgrims.

THE CAIQUE FROM LAVRA

Φάνηκε το καΐκι ανάμεσα σε γιγάντιες
στήλες λευκού αφρού. Σημάδευε το
στόμα του μικρού λιμανιού αλλά το
πέταγε στα σκπτεινά βράχια η θάλασσα.

Οι προσκυνητές ούρλιαζαν και έτρεχαν
στην ανηφόρα. Ο αστυνόμος γύρισε
κατά μας κούναγε τα μπράτσα του, μας
έλεγε κάτι η μας ευλογούσε δεν ξέρω.
Ένας χορός, το καΐκι, ο αστυνόμος οι
προσκυνητες πάλι και πάλι σ' ένα αρχαίο
δράμα. Όλα δημιούργημα του
αστυνόμου.

Οι προσκυνητές έφυγαν μ' ένα φορτηγό
για τις Καρυές αργά εκείνη την ημέρα.
Η κακοκαιρία συνεχίστηκε για πολλές
μέρες, το καΐκι ερχόταν και ο χορός πάλι
και πάλι, ήρθε ο χειμώνας ούτε καΐκι
ούτε προσκυνητές.

THE CAIQUE FROM LAVRA

Mid November I was awaken before the
campanoula chimed, a deafening
thunder storm it was Sunday I think. I
stood at my *stasidi* my mind empty
seeing nothing. An old monk his body
curved his face deep inside the black
hood sat in the stasidi next to me
whispering his prayer I could not hear
the words.

Close to daybreak his voice gained
strength. It was hard not to notice now
pleading now asserting now blasting out
like a bugle.

kyrie eleison kyrie eleison kyrie eleison

THE CAIQUE FROM LAVRA

Μέσα Νοεμβρίου ξύπνησα πριν να
χτυπήσει το καμπανάκι, ήταν μια
φοβερή καταιγίδα με κεραυνούς.

Κυριακή. Όρθιος στο στασίδι μου το
μυαλό μου άδειο δεν έβλεπα τίποτε.
Ένας γέρος μοναχός το σώμα του
καμπουριασμένο το πρόσωπο του
βαθειά μέσα στην μαύρη κουκούλα
κάθησε στο διπλανό στασίδι ψιθύριζε
την προσευχή του δεν άκουγα τίποτε.

Κατά το ξημέρωμα η φωνή του
δυνάμωσε, τώρα ικεσία τώρα απαίτηση,
τώρα σάλπισμα

κύριε ελέησον κύριε ελέησον κύριε
ελέησον

and here is something that I have never
lived before or after. My whole body
started shaking my shoulders got heavy
tears dripping on the floor I was invaded
my lips whispered repeatedly

kyrie eleison kyrie eleison kyrie eleison

till I fell asleep.

THE CAIQUE FROM LAVRA

κ' εδώ είναι κάτι που δεν έζησα ποτέ
πριν η μετά. Ρίγος και σπασμοί
κατέλαβαν το σώμα μου βάρυναν οι
ώμοι μου δάκρυα έσταζαν στις πέτρες
στο πάτωμα, κάτι εισέβαλε στο σώμα
μου τα χείλη μου ψιθύριζαν πάλι και
πάλι

κύριε ελέησον κύριε ελέησον κύριε
ελέησον

ωσπου με πήρε ο ύπνος.

THE CAIQUE FROM LAVRA

A very strong thunder like an artillery shot struck the southwest of Lavra.

After the *trapeza* we walked outside the walls of the monastery to see.

An oak tree was struck only the black trunk remained shooting a couple of meters from the ground. Now I knew who did this but miracles are undone if you talk about them.

THE CAIQUE FROM LAVRA

Ένας πολύ δυνατός κεραυνός σαν από
κανόνι χτύπησε τα νοτοδυτικά της
Λαύρας.

Μετά την τράπεζα περπαατήσαμε έξω
από τα τείχει του μοναστηριού να
ιδούμε.

Μια βελανιδιά μόνο ο μαύρος κορμός
καναδυό μέτρα στεκόταν όρθιος. Εκείνη
τη στιγμή ήξερα ποιός τό 'κανε αυτό
αλλά μη μιλάμε για τα θαύματα γιατί
εξανεμίζονται.

THE CAIQUE FROM LAVRA

These days I feel it heavy on the skin of
my arms fall is coming. All pilgrims are
gone. I have not gone down to the
arsanas for many years. I will get bold
one day and walk down the hill see if the
gendarme is still around.

These days I talk to Father Prodromos
my *gerontas* often. It is very late the
pilgrims are gone I will be alone on the
caique.

THE CAIQUE FROM LAVRA

Αυτές τισ μέρες το αισθάνομαι βαρύ στο
δέρμα στα μπράτσα μου το φθινόπωρο
έρχεται. Οι προσκυνητές έφυγαν. Έχω
να κατεβώ στον αρσανά χρόνια. Μιά
μέρα θ' αντριευτώ θα κατηφορίσω να
'δω είναι εκεί ο αστυνόμος;

Αυτές τις μέρες μιλάω με τον Πατέρα
Πρόδρομο το γέροντα μου συχνά. Είναι
αργά, έφυγαν οι προσκυνητές, θα 'μαι
μόνος στο καΐκι.

THE CAIQUE FROM LAVRA

THE CAIQUE FROM LAVRA

THE CAIQUE FROM LAVRA

THE CAIQUE FROM LAVRA

Vocabulary

Agion Oros
Holy Mountain, Mt Athos

Lavra
Monastery

archondariki
A section of the monastery for
welcoming the pilgrims

loukoumi
a type of sweet, Turkish delight

raki
a type of alcoholic drink, tsipouro

Athanasios the Athonite
St Athanasius, the founder of the
monastery of Megisti Lavra, the first

THE CAIQUE FROM LAVRA

monastery on Mt Athos

skete
monk dwellings outside the twenty main
monasteries on Athos

fat L
Macedonians pronounce the letter L in a
characteristic way that sounds like Lh.

trapeza
the dining hall of monasteries

campana
church bell

kyrie eleison, pronounced kerieh eleh
eson
lord have mercy on me

arsanas
the port of a monastery with its ancillary
buildings

THE CAIQUE FROM LAVRA

gendarme
policeman

Karyes
The administrative center of Athos

stasidi
a special wooden armchair found in
orthodox churches

gerontas
a monk, my gerondas refers to the abbot,
the hegoumenos of the monastery

Credits

Image:
The Storm
Ivan Aivazovsky, Russia 1817−1900
Painting, 1850, 82×117 cm
The National Gallery of Armenia,
Yerevan

THE CAIQUE FROM LAVRA

THE CAIQUE FROM LAVRA

Made in the USA
Middletown, DE
12 August 2023

36627459R00035